5 Juni 1890

COLLECTION

DE FEU

M. LE COMTE D'ARMAILLÉ

EXEMPLAIRE DE H. STETTINER

205 [illegible]
177 [illegible]
208 [illegible]
172 [illegible]
170 [illegible]
[illegible]
214 [illegible]
[illegible]
[illegible]
178 [illegible]

COLLECTION

D'ARMAILLÉ

PARIS. — IMPRIMERIE DE L'ART
E. MÉNARD ET Cie, 41, RUE DE LA VICTOIRE

CATALOGUE

DES

OBJETS D'ART

ET DE

RICHE AMEUBLEMENT

DES ÉPOQUES

Louis XIV, Louis XV et Louis XVI

Marbres — Bronzes — Orfèvrerie

TABLEAUX — DESSINS

Tapisseries

Composant la Collection de feu

M. le Comte D'ARMAILLÉ

ET DONT LA VENTE AURA LIEU

GALERIE SEDELMEYER. 4 bis, RUE DE LA ROCHEFOUCAULD

Les Jeudi 5 et Vendredi 6 Juin 1890

A 2 HEURES

COMMISSAIRES-PRISEURS

Me PAUL CHEVALLIER
10, rue de la Grange-Batelière, 10

Me RENÉ APPERT
17, rue Bergère, 17

EXPERT

M. CHARLES MANNHEIM, 7, rue Saint-Georges.

EXPOSITIONS

PARTICULIÈRE : *Le Mardi 3 Juin 1890, de 1 h. à 6 h.*
PUBLIQUE : *Le Mercredi 4 Juin 1890, de 1 h. à 6 h.*

CONDITIONS DE LA VENTE

Elle sera faite au comptant.

Les acquéreurs payeront, en sus des adjudications, *cinq pour cent* applicables aux frais.

L'exposition mettant le public à même de se rendre compte de l'état des objets, il ne sera admis aucune réclamation une fois l'adjudication prononcée.

ORDRE DES VACATIONS*

Le Jeudi 5 Juin 1890

Orfèvrerie	N^{os}	22	à	50
Porcelaines de Chine montées. .	—	66	à	73
Porcelaines de Saxe.	—	74	à	76
Bronzes d'art.	—	104	à	109
Bronzes d'ameublement	—	110	à	144
Pendules, Régulateurs.	—	145	à	153
Meubles Louis XIV, Louis XV et Louis XVI	—	154	à	180

Le Vendredi 6 Juin 1890

Tableaux, Pastels, Dessins. . .	N^{os}	1	à	21
Objets variés.	—	51	à	65
Sculptures en marbre	—	77	à	86

* L'ordre numérique ne sera pas suivi.

Désignation des Objets

TABLEAUX

PASTELS — DESSINS

APOIL (Mme)

1 — *Dessus de porte.*

Guirlandes de fleurs entourant un petit bas-relief : Jeux d'enfants ; peinture dans un encadrement à ouverture chantournée, sculpté et peint en blanc.

Toile. Haut., environ 90 cent.; larg., 1 m. 15 cent.

BACHELIER (Jean-Jacques)

2 — *Quatre dessus de portes.*

Des médaillons ovales, en camaïeu bleu, représentant Vénus, Diane, Minerve et Junon, se détachent sur un fond blanc et sont entourés de perruches, de guirlandes, de cornes d'abondance et de motifs variés peints en couleurs avec rehauts d'or.

Ces dessus de portes sont encadrés de baguettes anciennes en bois sculpté et doré (grand salon).

Haut., 85 cent.; larg., 1 m. 25 cent.

BEAUMONT (E. de)

3 — *Dessus de porte.*

Médaillon ovale peint en camaïeu bleu et représentant Junon ; il est entouré de motifs d'encadrements à fleurs, perroquets et ornements peints en couleurs et en dorure sur fond blanc, par Mme Apoil, dans le goût des dessus de portes de Bachelier, n° 2.

Dessus de porte à bord inférieur cintré.

Haut., 85 cent.; larg., 1 m. 40 cent.

DESPORTES (François)

4 — *Gibier et fruits.*

Lièvre mort déposé sur un banc de pierre, les pattes de derrière accrochées à la branche d'un chêne. Sur le sol, une douzaine d'abricots, une touffe de plantes, une perdrix grise, sur laquelle un chat brun tigré étend la patte.

Signé et daté 1742.

Cadre ancien en bois sculpté et doré.

Toile. Haut., 90 cent.; larg., 72 cent.

LE GROS (Jean)

1671-1745. — Élève de Rigaud.

5 — *Portrait du sculpteur Le Paultre.*

A mi-corps, perruque poudrée, cravate blanche, habit rougeâtre, grand manteau de soie noire, la main gauche sur un carton à dessins. Dans le fond, le célèbre groupe d'Énée portant son père Anchise, exécuté par Le Paultre, à Rome.

Signé : *Le Gros pinxit 1729.*

Cadre de la Régence en bois sculpté et doré.

Toile. Haut., 93 cent.; larg., 73 cent.

LERICHE

6 — *Instruments de musique.*

Musette, cor de chasse, flûte, violon, mandoline, partitions, etc.

Deux dessus de portes en pendants.

Baguettes Louis XVI, bois sculpté et doré.

Toile. Haut., 55 cent.; larg., 1 m. 38 cent.

MERCIER (Philippe le)

Né en 1709, mort en 1780. — Élève d'Antoine Pesne.

7 — *Portrait de Marie-Josèphe de Saxe, épouse de Louis, dauphin de France, et mère de Louis XVI.*

Représentée de trois quarts vers la droite, à mi-corps. Fleurs et dentelles dans ses cheveux poudrés ; tour de cou bleu, robe décolletée enrichie de broderies d'or, garniture et manches de dentelle ; manteau bleu doublé d'hermine.

Beau pastel signé : *Mercier p^{x} 1751.*

Cadre du temps en bois sculpté et doré.

Haut., 65 cent.; larg., 52 cent.

OUDRY (J. B.)

8 — *Chien.*

Petit épagneul noir assis dans la campagne ; c'est l'un des chiens de Mme de Pompadour.

Signé en bas, à gauche, et daté 1752.

Cadre du temps de la Régence, en bois sculpté et doré, avec des ajours.

Toile. Haut., 54 cent.; larg., 42 cent.

OUDRY (J. B.)

9 — *Caniche et canard sauvage.*

Un caniche blanc moucheté de fauve, portant un collier à grelots, est debout parmi les roseaux, au bord d'une mare, la patte posée sur un canard.

Signé et daté 1762.

Cadre ancien en bois sculpté.

Toile. Haut., 90 cent.; larg., 72 cent.

OUDRY (Attribué à J. B.)

10 — *Panneau décoratif.*

Deux poules faisanes et un échassier huppé, à plumage noir et blanc, auprès d'un rosier. Une belle musette à poche enrichie de broderies et plusieurs recueils d' « airs à boire » sont posés sur une tablette de marbre fixée contre un mur à hauteur d'appui. Sur ce mur, on voit une guitare incrustée de nacre et un oranger dans un vase doré, sur lequel est juché un gros perroquet. Fond de paysage.

Très beau panneau de décoration, chantourné par le haut, encadré d'une baguette de bois sculpté et doré.

Haut., 2 m. 40 cent.; larg., 1 m. 45 cent.

RIGAUD (Hyacinthe)

11 — *Portrait d'un commandant d'armée.*

Représenté de grandeur naturelle, jusqu'aux genoux, de trois quarts vers la droite, revêtu de l'armure, ceint de l'écharpe blanche ; il tient, de la main droite, le bâton de commandement et a la main gauche posée sur son casque. Il porte le cordon bleu de l'ordre du Saint-Esprit. Dans le lointain, on aperçoit des cavaliers à travers la fumée.

Cadre de l'époque Louis XIV, en bois sculpté et doré.

Toile. Haut., 1 m. 38 cent.; larg., 1 m. 7 cent.

ROSALBA (Carriera)

12 — *Portrait de jeune femme.*

En buste, presque de face, cheveux poudrés à blanc, robe décolletée de soie grise, agrémentée de rubans et de perles. Des fleurs dans la coiffure et au corsage.

Charmant pastel dans un cadre ancien en bois sculpté et doré.

Haut., 57 cent.; larg., 43 cent.

SAINT-AUBIN (Gabriel de)

13 — *Affiche d'une vente de tableaux.*

Affiche imprimée d'une vente de tableaux faite les 11 et 12 octobre 1776, couverte de vingt-sept croquis à la mine de plomb, par Saint-Aubin, reproduisant, avec des numéros de renvoi, les compositions des tableaux. L'artiste a inscrit quelques prix d'adjudication, des noms d'acquéreurs et biffé d'un trait plusieurs noms d'auteurs qu'il a remplacés par d'autres.

Très beau cadre du temps de la Régence, en bois sculpté et doré, à feuillages et rinceaux en relief sur fond strié et à coins arrondis et saillants, décorés de coquilles.

Hauteur de l'affiche, 20 cent.; larg., 19 cent.

SAINT-AUBIN (Gabriel de)

14 — *Marie-Antoinette.*

Un génie personnifiant la Sculpture, tenant la masse et le ciseau, travaille à une statue de la reine, revêtue du costume de cour, drapée dans le manteau royal et tenant une rose. Sur le piédestal, on lit : *Marie-Antoinette, Reine de France.* En bas, à gauche, les initiales de l'artiste : G. d. St A.

Dessin à la mine de plomb, avec quelques parties teintées d'encre de Chine.

Cadre en bois sculpté et doré.

Haut., 18 cent.; larg., 12 cent.

SAINT-AUBIN (Gabriel de)

15 — *La Reine Marie-Antoinette à Romainville.*

Groupe de quatre figures ; la reine est vue de profil. On lit, en haut, écrit de la main de Saint-Aubin : « Prix de vertu fondé à Romainville, 21 mai 1775 », etc.

Dessin au crayon noir, dans un cadre en bronze.

Haut., 17 cent.; larg., 23 cent.

SAINT-AUBIN (Gabriel de)

16 — *Promenade publique.*

A droite, un homme est debout devant le piédestal d'une statue. Plus loin, à gauche, on voit la foule sous les arbres.

Dessin au crayon renforcé de touches de sépia. A gauche, en bas, la date 1775. Cadre en bois sculpté et doré.

Haut., 18 cent.; larg., 12 cent.

SEVIN (P.)

17 — *Allégorie.*

Belle gouache par *P. Sevin,* signée et datée *1688,* représentant la Vue du Pont Royal, avec, au premier plan, à droite, une figure allégorique : la Ville de Paris, ayant auprès d'elle le vaisseau aux pavillons bleus fleurdelisés et au chiffre royal. A gauche, la Seine tenant une corne d'abondance et un écusson d'armoirie soutenu par un petit génie. Dans le haut de la composition, Apollon précédé de génies qui mettent le Temps en fuite. On lit, au revers de cette peinture : « Ce tableau est une allégorie à l'occasion de la construction du Pont Royal, qui fut bâti sous les ordres de M. le Peletier de Souzi..... général du génie et des fortifications. »

Beau cadre de *Boulle,* en bronze doré, à

tore de laurier, médaillons-bustes, figures allégoriques, quartefeuilles inscrits dans un treillis, etc.

Haut., 22 cent.; larg., 17 cent.

SCHALL

18 — *La Fontaine d'amours.*

Dans l'intérieur d'une forêt, trois couples sont arrêtés auprès de la fontaine, que décorent un dauphin et deux amours. A droite, un valet agenouillé attache les chiens ; à gauche, un négrillon ramasse les pièces de gibier. Plus loin, on distingue un groupe de cavaliers.

Cadre Louis XVI en bois sculpté et doré, surmonté d'une couronne de roses entre deux gerbes de blé liées par un ruban.

Toile. Haut., 97 cent.; larg., 1 m. 13 cent.

TROY (François de)

19 — *Le Maréchal de Belle-Isle.*

Vu jusqu'à la ceinture, la tête de trois quarts, à gauche, le corps de profil, revêtu d'une riche armure à bandes d'ornements gravés et dorés, l'écharpe blanche autour de la taille ; il désigne du doigt une place forte, assise au sommet d'une haute montagne, au pied de laquelle on distingue des cavaliers combattant.

Cadre en bois sculpté et doré de l'époque Louis XIV.

Toile. Haut., 94 cent.; larg., 74 cent.

VIGÉE (Louis)

20 — *Portrait de femme.*

A mi-corps, presque de face, assise, coiffée d'un bonnet de dentelle, vêtue d'une robe jaune et d'un mantelet bleu bordé de fourrure, les mains gantées de mitaines, l'une dans l'autre, sur les genoux.

Signé : *L. Vigée*, *1745*.

Louis Vigée, peintre, fut le père de Mme Vigée-Le Brun.

Cadre du temps en bois sculpté et doré.

Pastel. Haut., 70 cent.; larg., 58 cent.

VIGÉE-LE BRUN (Mme)

21 — *Portrait de Mlle Contat, de la Comédie-Française.*

A mi-corps, tournée à droite, cheveux flottant sur les épaules, en robe rouge et coiffée d'un fichu blanc noué sur le front.

La tête seule est terminée, le costume est à l'état d'ébauche, les mains sont à peine indiquées.

Dans ses *Souvenirs*, Mme Le Brun parle de ce portrait. T. Ier, p. 130.

Cadre Louis XVI en bois sculpté, à feuillages, couronné de deux palmes liées par un ruban.

Forme ovale. Bois. Haut., 78 cent.; larg., 63 cent.

ORFÈVRERIE

22 — Deux beaux flambeaux en argent ciselé du temps de Louis XIV, de forme triangulaire, à motifs de fleurs, de rinceaux et de palmes ressortant sur fond piqueté, et offrant, à la partie supérieure de la tige, des médaillons-bustes en relief, et, à la moulure du pied, des masques de satyres. Modèle rare et très élégant.

Haut., 26 cent.

23 — Aiguière à facettes en spirale, avec, sous le déversoir, un cartel à rinceaux et feuilles. Le piédouche et le couvercle sont bordés de baguettes en faisceau, liées par des rubans; l'anse, de forme contournée, est ornée de roseaux et de rocailles en relief. Époque Louis XV.

Haut., 25 cent.

24 — Grande et belle fontaine à thé Louis XV, en argent repoussé, à décor de canaux obliques, de rocailles et de feuilles. Elle a la forme d'un vase à double couvercle, surmonté d'un fruit, et est élevée sur trois pieds en S faits de forts

rinceaux à volutes. La bouche du robinet est figurée par une tête chimérique.

Haut., 52 cent.

25 — Service à thé allant avec la fontaine qui précède et décoré dans le même style, de côtes et de canaux en spirale, de rocailles et de feuilles. Il se compose d'une grande théière avec plateau, d'un sucrier couvert, d'un pot à crème et d'un bol.

Haut., 23, 20, 15, 10 cent.

26 — Grande cafetière à côtes en spirale, offrant sous le bec un cartouche entre deux touffes de roseaux, et, sur le couvercle, un bouquet de feuilles et de fruits en ronde bosse. Époque de la Régence. Anse en bois.

Haut., 22 cent.

27 — Cafetière à côtes en spirale et couvercle bordé d'oves et d'entrelacs. Époque Louis XV. Anse en bois.

Haut., 16 cent.

28 — Cafetière piriforme à côtes en spirale, anse cordelée, couvercle surmonté de coraux, de lé-

zards, de coquillages. Époque Louis XV. Pièce attribuée à Germain.

Haut., 16 cent.

29 — Cafetière piriforme à côtes en spirale, ornée sous le bec d'un cartouche encadré de rocailles et de feuilles. Le bouton du couvercle est formé d'une touffe de feuilles. Époque Louis XV. Anse en bois noir.

Haut., 19 cent.

30 — Petite cafetière à côtes obliques, bec relevé, et anse contournée. Époque de la Régence.

Haut., 12 cent.

31 — Théière à couvercle dômé et à côtes longitudinales. Ancienne orfèvrerie hollandaise. Anse en bois.

Haut., 14 cent.

32 — Théière hollandaise analogue à celle qui précède; le bec en forme de tête chimérique.

Haut., 14 cent.

33 — Grande théière piriforme côtelée en spirale, ainsi que le goulot et le couvercle. Sur la panse

est un grand cartouche composé de rinceaux et de rocailles ; une grenade figure le bouton du couvercle.

Haut., 19 cent.

34 — Petit pot à crème à côtes obliques, à cartouche. Style Louis XV.

Haut., 10 cent.

35 — Flacon à thé contourné, décoré d'un lambrequin gravé et bordé de petits godrons. Époque Louis XIV.

Haut., 15 cent.

36 — Petit service à thé composé de trois pièces :

1° Une très jolie petite théière piriforme, avec base à facettes, décorée de lambrequins gravés et de godrons ; le goulot se termine en tête de dragon. Un fleuron surmonte le couvercle. Époque Louis XIV.

2° et 3° Sucrier et pot à crème copiés sur la théière.

Haut., 11, 10, 7 cent.

37 — Huilier à bords contournés et à deux anses, élevé sur quatre pieds ajourés et à volutes. Il est décoré de rinceaux et de rocailles en relief.

Les porte-bouchons sont figurés par des branchages. Époque Louis XV.

Long., 31 cent.

38 — Petite soupière couverte, à deux poignées, et son plateau à bords contournés, décorés de guirlandes finement gravées. Le bouton du couvercle est formé d'une pomme de pin. Époque Louis XVI.

Haut., 11 cent ; diam. du plat, 22 cent.

39 — Joli sucrier oblong porté par quatre pieds fixés sur un plateau lobé et orné de palmettes à ses extrémités. Il est décoré, ainsi que le plateau, de guirlandes de feuilles de chêne et de rubans finement gravés. Des fraises avec leurs feuilles forment le bouton du couvercle. Époque Louis XVI.

Haut., 18 cent ; larg., 30 cent.

40 — Sucrier couvert muni de deux poignées contournées et élevé sur trois pieds garnis de feuilles ; il est décoré de côtes obliques et, en haut et en bas, de bandes de godrons et de rocailles. Le couvercle est surmonté d'une fraise. Époque Louis XV.

Haut., 14 cent.

41 — Sucrier à deux anses droites, élevé sur quatre pieds et décoré de guirlandes gravées; une fraise forme le bouton du couvercle.

Haut., 14 cent.

42 — Grande corbeille à pain ajourée, et de forme ovale, avec anse surélevée et pieds décorés de mascarons têtes de femmes. Les bords présentent des rinceaux et des rocailles en relief. Ancienne orfèvrerie anglaise.

Long., 35 cent.

43 — Ménagère, ou porte-liqueurs, à quatre flacons, en argent fondu et ciselé, décoré de gaines ajourées et de guirlandes. Au centre des quatre galeries, une tige évidée est surmontée d'une poignée faite de rinceaux et de feuilles. Le plateau de forme lobée repose sur quatre pieds. Époque Louis XVI.

Haut., 29 cent.; larg., 28 cent.

44 — Ménagère anglaise à cinq places pour trois flacons de cristal à bouchons d'argent et deux poivrières tout en argent.

Haut., 25 cent.

45 — Moutardier double avec plateau oblong élevé

sur quatre pieds. Le plateau date de l'époque Louis XV.

Long., 22 cent.

46 — Porte-pickles ou huilier en argent, composé de rinceaux mouvementés et de rocailles avec, en entredeux, une tige à poignée et à nœud médian évidé.

Haut., 25 cent.

47 — Plateau Louis XV à bords contournés, moulurés et décorés de coquilles régulièrement espacées. Époque Louis XV. Il repose sur trois pieds postérieurement rapportés.

Diam., 28 cent.

48 — Plat à contours, bordé de moulures. Époque Louis XIV.

Diam., 30 cent.

49 — Autre plat, un peu moins grand.

Diam., 26 cent.

50 — Petit plateau à contours, bordé de moulures avec palmettes; il est élevé sur trois pieds. Ancienne orfèvrerie anglaise.

Diam., 17 cent.

OBJETS VARIÉS

51 — Terre cuite. Médaillon par I. B. NINI 1774 : Portrait de Marie-Antoinette, de profil à gauche, dans un cadre du temps, à bélière, en bronze ciselé et doré à feuilles d'acanthe.

Diam., 12 cent.

52 — Boîte à jeu de forme rectangulaire, revêtue de chagrin, garnie intérieurement de velours vert et contenant deux marques élevées sur piédouche en nacre, avec jolie monture en argent gravé, découpé à jour et doré, quatre fiches en forme de poissons et seize jetons en nacre cerclés d'argent doré.

Commencement du XVIIIe siècle.

Longueur de la boite, 19 cent.; larg., 11 cent.

53 — Coffret oblong et à contours en marqueterie de *Boulle*, cuivre et écaille noire, à rinceaux et ornements, offrant sur le couvercle un médaillon central : Jeune Femme sur une balançoire entre deux amours. Il est richement garni de moulures et d'appliques en bronze rapportées, montants en forme de pilastres surmontés de

mascarons, consoles d'angles à feuille d'acanthe et tabliers à rinceaux symétriques.

Long., 34 cent.; larg., 28 cent.; haut., 13 cent.

54 — Plateau rectangulaire en marqueterie de *Boulle*, à décor de rosaces et de rinceaux entrelacés, en étain et écaille rouge sur fond de cuivre.

Long., 40 cent.; larg., 29 cent.

55 — Brosse à dos rectangulaire, décoré d'entrelacs, de vases et de rinceaux feuillagés en marqueterie de cuivre sur fond d'ébène.

Long., 17 cent.

56 — Écritoire rectangulaire de l'époque Louis XIV; en marqueterie de *Boulle* première partie, à dessin de termes, d'oiseaux et de mascarons reliés par des guirlandes et des rinceaux d'après Bérain, en incrustation de cuivre sur écaille rouge. Le pourtour est décoré de mufles de lion et de gaines rapportés en bronze doré.

Long., 29 cent.; larg., 21 cent.; haut., 8 cent.

57 — Brosse cylindrique à dos de maroquin rouge doré au fer de fleurs de lis et au chiffre du roi,

dans son étui couvert de fleurs de lis. Époque Louis XIV.

Haut., 12 cent.

58 — Buvard en maroquin rouge doré au fer, fleurdelisé et portant la date : 1680.

Long., 35 cent.; larg., 25 cent.

59 — Étui en galuchat, monté en argent et contenant divers ustensiles en argent : compas, porte-crayon, tire-ligne, règle et porte-mine. XVIIIe siècle.

Haut., 12 cent.

60 — Râpe à tabac de l'époque Louis XIII, en fer incrusté d'or et d'argent, offrant, sur une face, un chiffre timbré d'une couronne comtale, et, sur l'autre, un vase, des oiseaux affrontés et des rinceaux symétriques.

Long., 17 cent.

61 — Deux bras de mur (aménagés pour le gaz) en fer forgé et peint blanc, composés de larges feuilles. Époque de la Régence.

Long., 50 cent.

62 — Fanal de forme hexagonale, en fer doré, à bossettes et étoiles en relief. Il provient du vaisseau *le Suffren*.

Haut., 70 cent.

63 — Soufflet en bois sculpté, présentant sur la face, en bas-relief, deux enfants, dont l'un à califourchon sur un ours et jouant avec des guirlandes de feuilles.

Long., 52 cent.

64 — Pelle et pincettes à tiges en fer ouvré, décorées d'un filet en spirale, d'un nœud médian, de feuilles. Elles sont surmontées de pommeaux de bronze en forme de vases cannelés et feuillagés.

Long., 80 cent.

65 — Pelle et pincettes en fer, dorées à la partie supérieure et surmontées d'une poignée de bronze ciselé et doré à rinceaux et ornements Louis XV.

Long., environ 80 cent.

ANCIENNES PORCELAINES DE CHINE

MONTÉES EN BRONZE

66 — Deux grands vases, en forme de balustre, à deux anses, d'ancienne porcelaine de Chine, à couverte d'émail flambée, couleur bleu violacé; ils sont enrichis d'une monture de bronze ciselé et doré de l'époque Louis XVI; collerette à godrons, couronnes de lauriers passées dans les anses et socles à moulures chargées d'acanthes.

Haut., 55 cent.

67 — Deux vases ovoïdes et couverts en ancienne porcelaine de Chine, décorée, en émaux de la famille verte, de motifs composés de vases, d'objets sacrés, d'éventails, et enfermés dans des médaillons lobés que séparent des branches de fleurs. Ils sont garnis de montures en bronze doré de l'époque Louis XVI, à poignées mobiles fixées sur des montants ajourés, à mascarons, palmes, draperies, reliant le cercle du haut avec le socle qui est bordé de godrons. Les couvercles sont surmontés d'une graine de bronze.

Ces vases ont appartenu à Mme la duchesse de Berry.

Haut., 38 cent.

68 — Deux jardinières rondes et couvertes en ancienne porcelaine de la Chine émaillée gros bleu, garnies d'une très riche monture de bronze ciselé et doré du temps de la Régence : collerette et base à feuilles en relief, reliées par deux dragons simulant les anses, couronnement des couvercles, composé de godrons et de culots rayonnants et alternés, avec un beau fleuron en guise de bouton.

Haut., 29 cent.

69 — Deux vases en forme de balustres hexagones, en vieux Chine émaillé bleu, garnis d'une monture ancienne de bronze ciselé et doré ; socles à grecques, petits canaux et godrons, col à entrelacs et anses formées de rinceaux sommés de volutes et terminés en feuilles d'acanthe.

Haut., 36 cent.

70 — Deux bouteilles à corps ovoïdes et cols élancés, en ancienne porcelaine de Chine décorée de chimères et d'arabesques en émaux de la

famille verte et en dorure. Socles à moulures et godrons en bronze doré. Époque Louis XIV.

Haut., 49 cent.

71 — Deux coupes d'ancien céladon gris craquelé, garnies d'une riche monture en bronze ciselé et doré de l'époque Louis XVI : piédouche à godrons, feuilles d'acanthe et tore de chêne sur plinthe carrée ; anses doubles, surélevées, appuyées sur des mufles de lions et reliées par des guirlandes de laurier suivant les bords de la coupe.

Haut., 29 cent.; diam., 38 cent.

72 — Jardinière campanulée d'ancienne porcelaine de Chine, à décor de vases de fleurs, en bleu sur émail blanc. Elle est garnie d'une monture de bronze doré de l'époque Louis XIV : cercle sur le bord supérieur et socle à moulures et godrons sur lequel s'appuient en façon d'anses deux consoles contournées, à mascarons, feuillages et poignée engagée dans la volute.

Haut., 20 cent.

73 — Vase couvert en porcelaine de Chine, à décor de fleurs arabesques en émaux de la famille

verte ; il est garni d'une monture en bronze ciselé et doré de l'époque Louis XIV : graine à pétales surgissant d'une rosace, sur le couvercle ; bande décorée de postes dans le haut du vase et reliée au socle, qui est bordé de godrons, par deux montants ajourés à rinceaux et mascarons, munis de poignées mouvantes.

Haut., 28 cent. ; diam., 25 cent.

PORCELAINES DE SAXE

74 — Beau et important service à dessert en ancienne porcelaine de Saxe, à bords lobés, décorée de tiges de fleurs gaufrées en relief, et de bouquets et de fleurettes polychromes, très finement peints. La bordure en dorure est formée d'un treillis ponctué. Ce service se compose de cent pièces :

Quatre compotiers à bords festonnés, six grands compotiers ronds, deux petits compotiers, trois autres de forme ovale, un bol côtelé, un sucrier ovale à couvercle surmonté d'un fruit, un sucrier en forme de baril à anse et quatre-vingt-deux assiettes.

Diamètre des assiettes, 24 cent.

75 — Quatre figurines de singes musiciens, en vieux Saxe, décoré en couleurs et rehaussé d'or.

Haut., 13 cent.

76 — Deux petits vases, forme Médicis, à culots godronnés, en vieux Saxe, décorés de cartouches de fleurs encadrés d'ornements en dorure.

Haut., 7 cent.

SCULPTURES EN MARBRE

77 — MARBRE BLANC. Buste de Ant.-Louis-François Le Fevre de Caumartin, par *Houdon*, signé F. P. HOUDON, EN 1779.

Un peu plus grand que nature. la tête tournée vers la droite, les cheveux en rouleaux avec longue tresse descendant sur le dos. Cravate, gilet, habit, manteau sur l'épaule gauche. Portant une décoration et un ruban d'ordre.

Buste de grande allure, élevé sur piédouche.

Haut., 76 cent.

78 — MARBRE BLANC. Une Source; jolie statue dans le style de Clodion, signée *Van Lede 1786*.

Debout, couronnée de laurier, vêtue d'une tunique ceinte à la taille d'un ruban, elle soutient de chaque main une urne posée sur la hanche.

Haut., 1 m. 45 cent.

79 — Marbre blanc. Statuette d'Apollon, couronné de laurier, drapé dans un manteau, assis, tourné vers la droite, le bras gauche étendu, la main ouverte, accoudé du bras droit sur un rocher contre lequel s'appuie sa lyre. Époque Louis XIV. Plinthe en marbre rouge du Languedoc.

Haut., 70 cent.

80 — Marbre blanc. Statuette de Diane, assise, tournée vers la gauche, tenant des flèches. Elle fait pendant à la statuette qui précède et, comme elle, repose sur une plinthe en marbre rouge.

Haut., 70 cent.

81 — Marbre blanc. Médaillon ovale : Buste de profil à droite de Mgr Louis Daufin *(sic)* de France, signé *A. Coyzevox,* dans un cadre de marbre rouge surmonté d'un cartouche en

bronze. Ce médaillon est encastré dans la boiserie de la salle d'attente.

Haut., 68 cent.

82 — Marbre blanc. Médaillon ovale : Buste d'un personnage de profil à droite, en armure fleurdelisée. Il forme pendant au médaillon qui précède et est aussi encastré dans la boiserie de la salle d'attente. Même encadrement.

Haut., 68 cent.

83 — Marbre blanc. Médaillon buste de Louis XIV de profil à droite, lauré, les épaules drapées à l'antique. Il est placé dans un cadre de l'époque, en bronze doré, à rinceaux, acanthes et palmes en relief sur fond smillé.

Haut., 30 cent.; larg., 22 cent.

84 — Marbre blanc. Médaillon ovale : Portrait de femme, vue en buste de trois quarts, aux cheveux bouffants au-dessus du front et tresses tombant sur les épaules. Époque Louis XIV. Cadre ancien à moulure en bronze doré surmonté d'une bague.

Hauteur, cadre compris, 50 cent.

85 — Marbre blanc. Médaillon ovale sculpté en bas-relief : Tête de bacchante couronnée de pampre, de profil à gauche, dans un cadre ancien en bronze doré surmonté d'une bague.

Haut., 40 cent.

86 — Marbre blanc. Buste d'un guerrier antique, imberbe, casqué, revêtu de la cuirasse, les épaules drapées dans un manteau bordé d'une frange. Travail français du XVIIe siècle.

Haut., 75 cent.

GRANITS, MARBRES

VASES, GAINES, ETC.

87 — Deux beaux vases à corps ovoïde, piédouche et col à gorge, en granit feuille morte, garnis chacun en manière d'anses de deux figures de sirènes en bronze doré, de Clodion. Ces sirènes, coiffées à l'égyptienne et accoudées en regard, les bras croisés, sur l'orifice des vases, se terminent en doubles queues de poissons feuillues et entrelacées, descendant jusqu'à

moitié des vases. Plinthes carrées en bronze doré.

Haut., 62 cent.

88 — Grand vase à piédouche, forme Médicis, en granit rose d'Égypte, avec riche monture en bronze doré de l'époque Louis XVI, comprenant une collerette à feuilles d'acanthe et godrons carrés et striés; deux anses têtes de béliers, surmontées chacune d'une branche feuillagée se terminant en volute; un culot de godrons ajourés et de cordons de feuilles; un socle formé d'un tore de laurier, élevé sur plinthe carrée à moulure de godrons et d'acanthes.

Haut., 47 cent.

89 — Deux beaux vases, forme Médicis, en albâtre d'Orient, veiné de rouge, à couvercles cannelés, culots godronnés et piédouches sur plinthes carrées; ils sont garnis d'une monture en bronze ciselé et doré de l'époque Louis XV; forte graine sur le couvercle; cercle reliant le couvercle au col et orné de feuillages. Socle carré, à pourtour formé d'une boucle fleuronnée.

Haut., 55 cent.

90 — Vase ovale et en largeur, à couvercle et piédouche, en brèche antique, garni d'une belle monture de bronze ciselé et doré de l'époque Louis XVI, comprenant une gorge à boucles ajourées reliant le couvercle et le vase, deux anses carrées à guirlandes, une plinthe striée à angles cintrés et rentrants, une graine qui forme le bouton du couvercle.

Haut., 40 cent.; larg., 45 cent.

91 — Deux vases en marbre noir et blanc, en forme d'urnes, à deux anses prises dans la masse. Les piédouches sont élevés sur plinthes carrées entourées d'une moulure à feuillages en bronze ciselé et doré.

Haut., 35 cent.

92 — Deux gaines carrées de marbre blanc, avec bases et chapiteaux en marbre rouge du Languedoc; une console en marbre blanc est rapportée sous la corniche; la face des gaines est sculptée en bas-relief et décorée : l'une d'une retombée d'épis, l'autre d'une retombée de pampres, suspendues par des rubans.

Haut., 1 m. 25 cent.; larg., 48 cent.; prof., 30 cent.

93 — Deux gaines carrées en marbre rouge veiné de blanc, et à tablette saillante et arrondie sur la face, supportée par un modillon.

Haut., 1 m. 15 cent.; larg., 35 cent.; prof., 29 cent.

94 — Fût de colonne en marbre nuancé de plusieurs couleurs, encastré à sa base dans un tore uni sur plinthe carrée en bronze doré.

Haut., 1 m. 30 cent.

95 — Socle rectangulaire de beau marbre grisâtre veiné de rouge, à pourtour décoré d'une applique de bronze ciselé et doré : colombes sur une corbeille et festons de laurier; il est supporté par quatre pieds toupies en cuivre. Époque Louis XVI.

Long., 47 cent.; larg., 24 cent.; haut., 9 cent.

96 — Marbre blanc. Belle console à fond plein et à montants percés d'une ouverture quadrilobée; la face de ces supports figure une gaine dont la partie supérieure se recourbe en volute et dont la partie inférieure finit en double griffe de lion. La tablette très épaisse, à angles arrondis, bor-

dée d'un quart de rond, est en marbre rouge du Languedoc. (Salle à manger.)

Long., 1 m. 95 cent.; haut., 83 cent.; prof., 65 cent.

97 — Niche et piédestal circulaire en marbre rouge moucheté de blanc. (Salle à manger.)

Haut., 2 m. 40 cent.

98 — Guéridon à tablette circulaire, sur pied évasé à la base et creusé de cannelures. Marbre blanc.

Haut., 71 cent.; diam., 80 cent.

99 — Banc de jardin en marbre blanc, sur trois supports à volutes et imbrications.

Long., 2 m. 55 cent.

100-101 — Quatre grands vases de jardin, à corps et piédouches unis et bords godronnés, en marbre blanc.

Haut., 88 cent.

102 — Vase de jardin, forme Médicis, en marbre blanc, décoré de pampres; le bord est godronné ainsi que le culot; le piédouche est cannelé.

Ce vase est supporté par un piédestal quadrilatéral de marbre blanc, renflé à la base et orné de moulures.

Hauteur totale, 2 mètres.

103 — Deux bancs de jardin en marbre blanc, reposant chacun sur deux supports sculptés, à coquilles, fleurons et ornements dans le style de la Régence.

Long., 2 mètres.

BRONZES D'ART

104 — La Vénus à l'écrevisse, statuette de bronze, par *Anguier,* munie d'une belle patine rougeâtre. Fonte attribuée aux frères *Keller*.

La déesse est debout, la tête légèrement penchée sur l'épaule, le corps portant sur la jambe gauche, la droite infléchie, le pied sur la tête d'un dauphin. Elle a une écrevisse sur la main gauche; une draperie jetée sur le bras retombe derrière le corps et elle en soutient les plis de la main droite qui pend au long de la hanche. Socle carré en bronze doré à feuillages.

Haut. 55 cent.

105 — Statue en bronze, muni d'une patine rougeâtre : Milon de Crotone, de Pierre Puget.

Haut., 70 cent.

106 — Le Nil, statuette en bronze à patine brune de l'époque Louis XIV, sur socle rectangulaire à pourtour bombé, en marqueterie de cuivre sur écaille rouge, garni de pieds figurés par des acanthes et de mascarons en bronze ciselé et doré.

Long., 50 cent.; haut., 31 cent.

107 — Deux bas-reliefs de forme ovale : scènes antiques, en bronze muni d'une belle patine rougeâtre, époque Louis XIV ; dans des cadres en bronze doré à moulures, surmontés d'une belière.

Hauteur, cadres compris, 44 cent.; larg., 34 cent.

108 — Médaillon en bronze à patine brune; buste de Louis XIV, de profil à droite, portant la grande perruque et costumé à l'antique. Signé *Bertinet sculpt cù. privilegio.* Au revers, les deux *L* entrelacées et timbrées de la couronne royale. Cadre en bronze doré.

Diam., 15 cent.

109 — Deux hippocampes, affrontés, en bronze du XVIIe siècle, muni d'une patine brune, sur plinthes en marbre griotte.

Hauteur, socles compris, 32 cent.; long., 28 cent.

BRONZES D'AMEUBLEMENT

110 — Grand et magnifique lustre de l'époque Louis XIV, à huit lumières, modèle de *Boulle*.

La tige est formée d'une gaine ornementale à angles coupés, où sont adossés quatre termes à têtes de faunes; un beau vase, godronné et muni de quatre anses à volutes, surmonte la gaine qui repose sur un cul-de-lampe d'une riche ornementation, terminé par une grappe de raisin, et flanqué des huit branches porte-lumières, de deux en deux, séparées par des têtes de béliers et surmontées de petits vases très élégants.

Ce lustre, placé autrefois dans le château de Caderousse, fut donné par le duc de Luynes à l'église de Mondragon d'où il provient.

Haut., 1 m. 10 cent.

111 — Beau lustre de *Boulle*, en bronze doré, à huit

lumières, d'une remarquable composition et d'une ornementation riche et très distinguée. La tige est figurée par un vase à col élancé, surmonté d'une flamme, décoré de canaux en spirale, de mascarons et de beaux feuillages rapportés. Le piédouche du vase, cantonné de quatre dauphins, repose sur un cul-de-lampe, ceint de médaillons-bustes alternant avec des ressauts à mufles de lions sur lesquels prennent naissance les branches porte-lumières qui sont quadrangulaires, contournées en S et décorées de fleurettes. Les plateaux des douilles sont ornés de boucles fleuronnées et de godrons. La partie inférieure du cul-de-lampe est revêtue de larges feuilles d'acanthe et terminée par une forte graine.

Haut., 75 cent.

112 — Petit lustre à six lumières en bronze doré, de l'époque Louis XIV; les branches à section carrée sont garnies d'acanthes et s'appuient sur un mascaron d'enfant zéphyre, en ressaut sur le pourtour du cul-de-lampe, terminé par une graine d'amortissement. La tige du lustre a la forme d'un balustre cannelé, flanqué de trois termes de Diane, à gaines contournées, avec palmettes en entredeux. Ce petit lustre, qui

rappelle les œuvres de Boulle, provient de l'église de Nogent-sur-Seine.

Haut., 65 cent.

113 — Lustre à huit lumières en bronze doré, dans le style de *Boulle ;* la tige en forme de balustre est flanquée de quatre termes d'enfants et les huit branches, courbées en S et feuillagées, s'appuient sur des bustes engainés, rapportés au pourtour du cul-de-lampe qui se termine par une forte graine. Travail moderne.

Haut., 85 cent.

114 — Beau petit lustre de l'époque Louis XVI, à huit lumières composées de branches feuillagées et repliées en volutes, s'appuyant, de deux en deux, sur des masques de faunes rapportés sur un cul-de-lampe que surmonte une torche embrasée formant la tige, et accotée de quatre grands rinceaux.

La tige du lustre est munie d'une patine verte ; les branches et les ornements sont dorés au mat.

Haut., 80 cent.

115 — Grande et belle glace du temps de Louis XIV, à encadrement de glaces biseautées, bordées de

moulures à feuillages et rinceaux, et garnie d'écoinçons très riches en bronze ciselé et doré. Elle est surmontée d'un fronton à plein cintre, tout en glace, garni de deux moulures analogues, et de deux perruches ronde bosse en bronze doré. Un magnifique mascaron de femme couronnée de fleurs et de feuillages, aussi en bronze, est rapporté au sommet du fronton de cette glace qui semble être une œuvre de *Boulle*.

Haut., 2 m. 45 cent.; larg., 1 m. 30 cent.

116 — Deux magnifiques candélabres à quatre lumières, en bronze ciselé et doré, du temps de Louis XVI, signés : St Germain, d'un modèle remarquable pour la simplicité des lignes et l'excellent goût de l'ornementation.

Une gaine ronde cannelée supporte un brûle-parfums entouré de draperies et surmonté d'une douille porte-bougie enveloppée d'acanthes; cette gaine est flanquée de trois pilastres reliés par des guirlandes de roses et de feuilles de chêne, accotés chacun d'un bras porte-lumière à feuilles d'acanthe, et se terminant en griffes de lions reposant sur une base à trois ressauts.

Haut., 52 cent.

117 — Deux candélabres à deux lumières du temps de Louis XVI, en bronze doré, formés de gracieuses statuettes de nymphes, d'après Falconet, tenant de chaque main une branche de tulipes, avec feuilles et boutons, dont les fleurs reçoivent les bougies. Ces statuettes sont élevées sur socles circulaires en marbre blanc enrichis d'un cordon de perles et d'une ceinture d'acanthes en bronze ciselé et doré.

Haut., 55 cent.

118 — Belle girandole, de *Boulle*, en bronze ciselé et doré, à trois branches contournées et feuillagées, séparées par des médaillons-bustes rapportés et dominées par un fleuron. La douille qui supporte le couronnement est ornée d'acanthes et de palmes alternées; la tige est en forme de gaine quadrangulaire, cannelée et décorée à sa partie supérieure de rinceaux doubles et d'acanthes rapportés. Le pied, à profil de doucine, présente des mufles de lions, des bourgeons, des torches et des rinceaux symétriques.

Haut., 41 cent.

119 — Deux très belles appliques, de *Boulle*, en bronze ciselé et doré, composées chacune de

trois branches feuillagées, contournées en S et surgissant de la queue d'un dragon à la gueule béante, dressant la tête vers un lézard qui descend de la branche médiane. Le dragon est posé sur une console à volutes, mascaron et draperie terminée par une palme en éventail. Une paire de bras de mur, de même modèle, mais à deux lumières seulement, faisait partie de la collection de La Live de Jully et se trouve reproduite dans l'œuvre gravé de Boulle.

Haut., 50 cent.

120 — Deux belles appliques à deux lumières chacune, en bronze ciselé et doré, de l'époque Louis XIV, d'un dessin élégant et d'un excellent goût d'ornementation. Les douilles à godrons surmontent des plateaux bordés de perles et supportés par une feuille épanouie, à l'extrémité de bras contournés et feuillagés. Ces bras accotent un vase encadré de rinceaux détachés couronné d'une palme; de chaque côté, des masques grimaçants décorent des rinceaux entrecroisés et terminés par une feuille d'amortissement.

Haut., 38 cent.

121 — Deux appliques, chacune à une seule lumière,

en bronze doré, de l'époque Louis XIV. La branche contournée et à section quadrangulaire est garnie de fleurettes et de feuillages. Elle prend naissance dans une touffe d'acanthes à la partie inférieure d'une plaque ajourée, à volutes et feuilles, renfermant une coquille et surmontée d'un mascaron souffleur suspendu à un anneau par un ruban en rosette. Quelques parties de ces appliques manquaient et ont été rétablies très habilement.

Haut., 45 cent.

122 — Deux bras de mur à une seule lumière chacun, en bronze, de l'époque Louis XIV; la plaque de fond, à contours, est ornée d'un médaillon buste, de vases, de guirlandes, d'un mascaron et de feuillages.

Haut., 20 cent.

123 — Deux appliques en bronze doré, chacune à trois branches porte-lumières, ondulées et garnies de feuillages. Époque Louis XV.

Haut., 63 cent.

124 — Deux appliques de bronze doré à deux

branches tourmentées, à feuillages, rocailles et festons de fleurs.

Haut., 67 cent.

125 — Deux appliques à deux lumières chacune, en bronze doré du temps de la Régence, modèle à touffes de feuilles, rocailles et rinceaux mouvementés.

Haut., 55 cent.

126 à 129 — Quatre paires d'appliques à trois branches, formées de rinceaux ondulés et chargées de feuilles, en bronze ciselé et doré. Époque Louis XV.

Haut., 62 cent.

130 — Deux beaux chenets en bronze doré, de l'époque Louis XIV, d'un modèle rare qui consiste en un mortier surmonté d'une grenade en flammes et posé de champ sur une base à attributs et feuilles d'acanthe, élevée sur griffes de lion.

Ces chenets proviennent du château d'Effiat.

Haut., 45 cent.

131 — Deux beaux chenets en bronze doré, de l'époque Louis XV, à figurines d'enfants, les

mains ouvertes comme pour se chauffer, assis en regard sur des socles composés de rinceaux mouvementés, à feuillages et branches de fleurs.

Haut., 40 cent.; long., 45 cent.

132 — Lanterne d'antichambre, à cage pentagonale et contournée, en bronze doré, garnie d'appliques et de consoles inversées. Époque Louis XV.

Haut., 80 cent.

133 — Deux flambeaux en bronze ciselé et doré, de l'époque Louis XIV; la douille, en forme de vase, surmonte un cul-de-lampe triangulaire, que supportent deux amours, debout sur une terrasse placée sur un pied décoré de trois consoles renversées et reliées par un tore de laurier; sur le congé du pied, trois compartiments représentant les attributs du feu : le soleil, le tonnerre, un brûle-parfums, etc.

Haut., 35 cent.

134 — Deux flambeaux de l'époque Louis XV, en cuivre ciselé et doré, d'un joli modèle, à tige quadrangulaire cannelée et décorée de feuilles

et de coquilles. Le pied à contours est bordé d'oves. Fonte légère.

Haut., 28 cent.

135 — Flambeau de bouillotte à deux lumières, en bronze ciselé et doré, de l'époque Louis XVI; les deux branches, qui supportent des douilles simulant des touffes de feuilles, sont contournées et accotées sur un balustre côtelé, enveloppé à sa base de feuilles d'eau et élevé sur un pied à canaux, perles et acanthes. Abat-jour ovale en tôle, peint en vert et à filets dorés.

Hauteur, y compris la tige de fer, que surmonte une graine de bronze, 70 cent.

136 — Petit flambeau de bouillotte en bronze doré, de l'époque Louis XVI, à deux lumières s'échappant d'une touffe de feuilles, à la base d'un brûle-parfums porté par trois consoles. Le pied est creusé de canaux en spirale et bordé de feuilles d'eau. Tige de fer supportant un abat-jour ovale en soie verte.

Hauteur totale, 42 cent.

137 — Flambeau de bouillotte en bronze ciselé et doré, de l'époque Louis XVI, à cannelures et

feuilles, avec couronnement à trois branches porte-lumières.

Hauteur, y compris la tige, 78 cent.

138 — Thermomètre à plaque d'émail, dans son cadre en bronze ciselé et doré, du temps de Louis XVI, formé de baguettes en faisceau entortillées de feuillages, et surmonté d'un brûle-parfums entre deux branches de laurier passées dans les anneaux des anses.

Haut., 35 cent.; larg., 15 cent.

139 — Cadre de bronze pareil au précédent; la flamme de la cassolette dirigée en sens inverse. Il contient le calendrier de juin pour l'année 1778.

Haut., 35 cent.; larg., 15 cent.

140 — Petit calendrier du temps de Louis XVI, en bronze doré. Les montants, décorés d'une boucle, supportent un bandeau à rubans et guirlandes de laurier sur lequel est posée une sphère; la traverse inférieure, avec acanthes d'amortissement, est munie de trois crochets; il contient un encadrement de mois, gravé et colorié, à figures et ornements.

Haut., 35 cent.; larg., 11 cent.

141 — Deux presse-papiers en bronze ciselé et doré, de l'époque Louis XIV, formés de sphinx couchés sur des plinthes à gorge, encadrées d'un tore de laurier.

Long., 17 cent.; larg., 11 cent.; haut., 15 cent.

142 — Socle rectangulaire se profilant en talon renversé, à perles et acanthes, en bronze doré. Époque Louis XVI.

Long., 24 cent. 1/2; larg., 15 cent. 1/2; haut., 4 cent.

143 — Bougeoir en bronze doré, de l'époque Louis XIV, à listels, godrons, rinceaux, médaillons-bustes, fleurs.

Long., 22 cent.

144 — Six tirants de sonnette en bronze ciselé et doré de l'époque Louis XVI, formés chacun d'une grappe de raisin, de feuilles de vigne et d'un panache. Provenant du château de Fontainebleau, salle de la Baignoire.

Haut., 13 cent.

RÉGULATEURS — PENDULES

145 — Magnifique régulateur, à gaine, de forme contournée, du temps de la Régence, en marqueterie de bois rose et de bois satiné, enrichi de nombreuses appliques de bronze admirablement ciselées et dorées à l'or moulu. Ces appliques sont formées de capricieux motifs, très mouvementés et d'une composition pleine d'originalité. Ce sont des feuillages recourbés, des cordons de perles, des rocailles, des roses, des algues, des oves, des ailes, des nuages, groupés et reliés avec un goût exquis.

Cette pièce, de tout premier ordre, a été exécutée par *Cressent*, ébéniste du Régent ; elle provient de la collection du Régent. Le mouvement, de *Charost, à Paris*, donne le temps vrai et moyen, le quantième perpétuel.

Haut., 2 m. 35 cent.

146 — Beau régulateur, de forme gracieuse, à caisse contournée, renflement médian, arêtes adoucies et base évasée en marqueterie de bois rose du temps de la Régence. Il est enrichi d'appliques en cuivre ciselé et doré, fleurons,

rinceaux, enroulements, rocailles, chutes, mascaron. Une figurine d'amour surmonte le cadran qui porte le non de *Fces H. Duchesne, à Paris.*

Haut., 2 m. 20 cent.

147. — Grande et magnifique pendule à base renflée et couronnement en dôme, en marqueterie de *Boulle*, cuivre sur écaille noire, enrichie de nombreux bronzes ciselés et dorés, tels que : consoles et festons sur les montants en ressauts ; — pieds, figurés par des termes de femmes ailées à gaines feuillagées et se terminant en volutes ; — mascaron couronné de roses, dans un motif à palmes et rinceaux symétriques, au-dessous du cadran ; — vases à flammes sur la corniche ; — figurine de la Renommée au-dessus du dôme, etc., etc. La pendule est élevée sur un socle rectangulaire en marqueterie de cuivre sur écaille, garni d'appliques, de triglyphes et portant sur pieds turbinés en bronze doré.

Sous le cadran, deux petits cartels d'émail portent le nom de : DUMONT LES FRÈRES, A BESANÇON.

Époque Louis XIV.

Haut., 1 m. 10 cent.

148 — Belle pendule Louis XIV, mouvement de *Gaudron*, dans sa boîte circulaire en ébène sur pied carré à gorge en marqueterie de cuivre et d'écaille, garnie de moulures, d'appliques et surmontée d'une lampe antique en bronze doré; d'autres bronzes, guirlandes de laurier et mascarons la décorent latéralement. Elle est élevée sur un socle quadrangulaire de bois noir à moulures ornées et pieds formés d'acanthes, finissant en volutes, en bronze doré.

Haut., 70 cent.

149 — Petite pendule contournée et son socle-applique du temps de la Régence, de *J. B. Boulle*, en marqueterie de cuivre sur écaille rouge, garnie de beaux bronzes dorés, pieds griffes de lions, mascaron, acanthes, chutes, corniche. Un groupe d'amours aussi en bronze doré surmonte la pendule. Mouvement de *Thuret*.

Haut., 65 cent.

150 — Grande et belle pendule en bronze doré du temps de Louis XVI, portant la signature de *Osmont*. Mouvement de *Ferdinand Berthoud*. Elle a la forme d'un vase à couvercle, cannelé

et surmonté d'une graine; les côtés sont décorés, en façon d'anses, de dépouilles de lions avec anneaux engoulés. Le culot à godrons et feuilles repose sur un piédouche à canaux obliques et tore de laurier, placé sur une plinthe rectangulaire.

Cette plinthe est élevée sur un beau socle à scotie, décorée de guirlandes de chêne rapportées et à pieds en grecques carrées.

Haut., 62 cent.; long., 30 cent.; prof., 26 cent.

151 — Petite pendule du temps de Louis XVI, en bronze doré et bronze vert, à mouvement visible à travers un cadran de verre, au nom de *Lepaute, à Paris*. Ce cadran, dont les aiguilles et l'entourage sont enrichis de marcassites, est placé dans un tambour surmonté d'une cassolette et supporté par un lion de bronze vert marchant vers la gauche. Ce lion est élevé sur un socle rectangulaire de bronze doré à angles en ressaut ornés de triglyphes; le pourtour de ce socle est décoré de grecques et de guirlandes de laurier en bronze vert.

Haut., 31 cent.; larg., 18 cent.

152 — Petite pendule chantournée en bronze fine-

ment ciselé et doré de l'époque Louis XV, à motifs de rocailles, de feuillages et d'attributs champêtres ; elle est surmontée de deux colombes et repose sur une terrasse à quatre pieds. Mouvement de *Gosselin, à Paris.*

Haut., 40 cent.

153 — Porte-montre en marqueterie de *Boulle*, cuivre sur écaille noire, de forme circulaire, garnie d'appliques en bronze, soleil, palmes, godrons, et supporté par quatre cariatides chimériques terminées en pieds de bouc et élevées sur un socle rectangulaire à gorge de même marqueterie. Cette jolie petite pièce, portant sur la face et le revers les armes de France, passe pour provenir du cabinet de Louis XIV.

Haut., 22 cent.; long., 13 cent.; larg., 7 cent. 1/2.

MEUBLES

LOUIS XIV, LOUIS XV ET LOUIS XVI

154 — Grande et très belle armoire, de Boulle, en marqueterie de cuivre sur écaille noire, d'une grande richesse d'ornementation, à deux portes,

couronnement en retrait à scotie, et soubassement à deux tiroirs surmontant chacun un tablier qui relie les trois pieds toupies de la façade. Elle est garnie, en haut et en bas des montants et du couvre-joint, d'appliques ajourées en bronze ciselé et doré : mascarons, entrelacs et feuillages. Deux autres mascarons de bronze, couronnés de palmes, décorent les faces latérales. Des feuilles d'acanthe élevées sur boucles enveloppent les pieds, et un lambrequin fleurdelisé et découpé à jour, également en bronze, est rapporté sur la frise de la corniche. Clef ancienne à tête ciselée, formée d'une coquille et de rinceaux.

Haut., 2 m. 30 cent.; larg., 1 m. 40 cent.
Prof., 48 cent.

155 — Très belle table à pieds contournés, en marqueterie de bois clairs, fleurs, feuillages et rinceaux sur placage d'ébène ; elle est enrichie de magnifiques bronzes ciselés : chutes formées de masques de faunes ceints de laurier et couronnés de palmettes, sabots feuillus et terminés en pied de bouc, entrées et mascarons. Il y a un tiroir dans chacun des petits côtés de la ceinture. Le dessus recouvert d'une basane,

encadrée de marqueterie de bois à dauphins et fleurs, entremêlée d'ivoire, est bordé d'une moulure de bronze à bande smillée et quart de rond. Clef du temps à tête formée de rinceaux.

Travail du règne de Louis XIV ; marqueterie de *Gaudron*. Cette table faisait partie du mobilier que fit exécuter le duc de Bourgogne, petit-fils de Louis XIV, pour ses appartements de Marly ; ce mobilier fut livré dans le courant de 1699.

Haut., 75 cent.; long., 97 cent.; larg., 56 cent.

156 — Très belle table à pieds fortement cambrés, en marqueterie de cuivre sur écaille noire, de *Boulle ;* les quatre faces de la ceinture simulent un tiroir à mascaron, poignée et moulure d'encadrement en bronze. Les pieds sont garnis sur l'épaulement d'un masque de satyre et leurs sabots sont formés d'une longue feuille se terminant en volute. Le dessus, recouvert d'une basane, est bordé d'un rang de godrons et de fleurons alternés en cuivre. Clef du temps, à tête ciselée et ajourée.

Haut., 75 cent.; long., 86 cent.; larg., 50 cent.

157 — Beau meuble de l'époque Louis XIV, à deux

portes, montants arrondis et côtés légèrement concaves, en marqueterie de bois rose et de bois satiné; les portes sont formées de deux remarquables panneaux de laque à reliefs, figures chinoises, cavaliers et piétons à la chasse, exécutées au moyen de pierres de lard, gravées et teintées, avec quelques parties de nacre; elles sont encadrées d'une moulure rocaille et cantonnées d'écoinçons ajourés en bronze ciselé et doré. Une boucle en bronze sous la tablette, un rang de godrons, aussi en bronze, sur la base en ressaut, complètent la décoration de ce meuble. Clef du temps, à tête ciselée.

Haut., 1 m. 50 cent.; long., 1 m. 35 cent.
Prof., 37 cent.

158 — Grand et beau bureau ministre de l'époque Louis XIV, à pieds cambrés, en ébène incrusté de filets de cuivre, muni sur les deux faces de trois rangées de tiroirs et richement garni de cuivres ciselés d'un dessin élégant, tels que cartouches et entrées à mascarons, chutes à feuilles d'acanthe et volutes, sabots à pieds de biche, rosaces, poignées, etc. Le dessus, recouvert d'une basane et bordé d'un quart de rond

en cuivre poli, avec écoinçoins arrondis et ornés, glisse sur des coulisses.

Long., 1 m. 60 cent.; larg., 95 cent.; haut., 84 cent.

159 — Petit meuble, de *Boulle*, en bois d'ébène incrusté de filets de cuivre, et ouvrant à deux portes grillagées et encadrées de bandes en marqueterie de cuivre sur écaille brune. Il est enrichi d'appliques de bronze ; les faces latérales sont creusées de cannelures à fond de cuivre. La tablette est bordée d'un quart de rond. Clef de l'époque, à tête ciselée et ajourée.

Haut., 1 m. 4 cent.; long., 1 m. 12 cent.
Prof., 40 cent.

160 — Petit cartonnier-bibliothèque Louis XIV, en bois d'ébène et marqueterie de cuivre sur écaille, garni de bronzes. En haut, une étagère pour les livres ; au-dessous, six casiers, trois et trois, avec leurs cartons de l'époque en maroquin rouge doré au fer ; dans le soubassement, trois tiroirs. Des mascarons de bronze décorent les faces latérales.

Haut., 73 cent.; long., 98 cent.; prof., 27 cent.

161 — Baromètre-thermomètre-applique, de *Boulle*,

de l'époque Louis XIV, en marqueterie de cuivre et d'étain sur fond d'écaille rouge. Il a la forme d'une gaine carrée, terminée à sa partie inférieure par un cul-de-lampe et surmontée d'un cadran presque circulaire. Il est garni de bronzes dorés : statuette d'enfant chinois au-dessus du cadran, mascaron souffleur au-dessous ; pentes de rosaces et figurines d'amours sur les faces latérales ; forte graine au-dessous du cul-de-lampe.

Haut., 1 m. 8 cent.

162 — Deux gaines de l'époque Louis XIV, en marqueterie de cuivre sur ébène, garnies de bronzes ciselés et dorés ; moulures, fleurons, acanthes, etc.

Haut., 1 m. 24 cent. ; larg., 55 cent. ; prof., 27 cent.

163 — Piédestal quadrangulaire et renflé à la base, en bois d'ébène incrusté de filets de cuivre, garni de moulures de cuivre et d'un quart de rond en bronze ciselé à palmes et feuilles entremêlées de rinceaux.

Haut., 92 cent. ; larg., 63 cent.

164 — Charmant petit bureau, à dos d'âne, de

forme contournée, de l'époque Louis XV, décoré de branches de fleurs et d'ornements variés en marqueterie de bois de bout sur bois rose et bois satiné. Il est enrichi de beaux cuivres remarquablement ciselés et dorés, se composant de rocailles, de feuilles et de rinceaux, poinçonnés au C couronné, dit de Caffieri. Clef du temps à tête formée de rinceaux ajourés et d'une couronne fleuronnée.

Petit meuble de qualité exceptionnelle pour l'élégance des lignes, le goût délicat de l'ornementation et le travail de la ciselure.

Long., 87 cent.; haut., 80 cent.; prof., 53 cent.

105 — Charmant petit bureau, bonheur-du-jour, en bois rose et marqueterie très soignée de l'époque de Louis XVI. La ceinture est enrichie d'une boucle fleuronnée en bronze; les pieds, droits et carrés, sont reliés par une tablette bordée d'une galerie de cuivre. La marqueterie du dessus figure un encrier, deux livres et différents vases. Le corps supérieur, à tiroirs, est décoré sur ses quatre faces de motifs intarsiés en bois des îles, vases à fleurs, flacons, tasses, etc. La tablette supérieure est entourée d'une galerie de grecques en cuivre.

Haut., 92 cent.; long., 70 cent.; prof., 49 cent.

166 — Petit bureau bonheur-du-jour, à pieds cambrés, en bois rose, décoré, en marqueterie de bois clairs, de vases chinois, de théières, de tasses, d'encriers, de livres, et garni, à la ceinture, d'une boucle, et, aux pieds, de chutes et de sabots à feuillages et volutes en bronze doré. Le corps supérieur, en retrait, est muni d'un tiroir et d'un casier à livres entre deux petites portes. Une tablette, bordée d'une galerie de bois découpée, surmonte le casier. Époque Louis XV.

Haut., 1 m. 5 cent.; long., 65 cent.; prof., 40 cent.

167 — Table-bureau de l'époque Louis XV, de forme contournée, en marqueterie de bois rose, de bois violette et d'amarante, à bandes imbriquées. La tablette est bordée d'une moulure saillante en bronze; les pieds sont garnis de chutes et de sabots ciselés et dorés. Tablette rentrante; tiroirs aménagés dans les petits côtés.

Haut., 73 cent.; long., 90 cent.; larg., 48 cent.

168-169 — Deux petites tables rondes de l'époque Louis XV, formées de tablettes épaisses de beau granit vert sur trépieds de bois sculpté et doré.

Le bandeau du trépied, orné d'un tore de

fruits et de feuilles, s'appuie sur les volutes, reliées par des écharpes drapées, des trois montants carrés, ceints au milieu d'une couronne de laurier et se terminant en pieds de biche, posés sur plinthes triangulaires de même matière que la tablette.

Ces deux charmantes petites tables proviennent de la vente Randon de Boisset (février 1777), où elles furent achetées par M. de Chalandray. Elles sont décrites sous le n° 823 du catalogue, où on lit l'observation suivante :

« Le genre de granit de ces tables est extraordinaire, ses nuances dominantes tirent sur le noir et blanc, son grain est presque aussi serré et aussi égal que celui du porphyre. »

Haut., 85 cent.; diam., 49 cent.

170 — Table ronde de l'époque Louis XIV, en bois sculpté et doré, à ceinture circulaire décorée d'un feston de fleurs et portant sur les chapiteaux ioniques de quatre piliers carrés, reliés à leurs bases par un croisillon contourné et à feuillages, dont le centre est indiqué par une rose épanouie. Le dessus du meuble est formé par une épaisse tablette de beau granit rose d'Orient.

Haut., 74 cent.; diam., 72 cent.

171 — Guéridon de l'époque Louis XVI, formé de deux tablettes circulaires, dessus et entrejambes, en porphyre rouge d'Orient, cerclées de bronze et supportées par trois pieds en bronze; ces pieds, cintrés, ont leur partie supérieure recourbée en volute dans laquelle s'engage un anneau, et leur partie inférieure, formant une griffe, élevée sur roulette.

Haut., 76 cent.; diam., 62 cent.

172 — Bureau du temps de Louis XV, à pourtour légèrement bombé et pieds cambrés, en marqueterie de bois rose et d'amarante, enrichi, sur les quatre faces, d'appliques et de rinceaux, et, sur les pieds, de chutes et de sabots en cuivre doré. Il est muni, sur la face, de trois tiroirs et de deux portes latérales. La tablette est bordée d'un quart de rond en cuivre poli.

Long., 1 m. 40 cent.; larg., 71 cent.; haut., 79 cent.

173 — Jolie petite table, bureau de dame, à gracieux contours, de l'époque Louis XV, en marqueterie de bois de bout, à décor de branches de fleurs sur fond de bois rose. Elle est garnie de chutes, d'entrées, d'appliques et de sabots en bronze ciselé et doré; le dessus a un rebord

arrondi, en bronze. Il y a sur la face une tablette rentrante et un tiroir sur chaque petit côté. Clef du temps, à tête composée de rinceaux et de fleurs ajourés et rehaussés d'or.

Long., 70 cent.; larg., 42 cent.; haut., 70 cent.

174 — Petite table de dame, de forme contournée et à pieds d'une cambrure très accentuée, en bois de violette, de l'époque Louis XV ; elle est décorée, sur le dessus, de bouquets en marqueterie de bois clairs et garnie de belles chutes en bronze ciselé et doré, poinçonnées du C couronné ; l'entrée du tiroir est formée de fleurettes, de feuilles et d'une fleur de lis. Ce tiroir est surmonté d'une tablette rentrante.

Long., 50 cent.; larg., 39 cent.; haut., 70 cent.

175 — Petite table de dame, à contours mouvementés et pieds arqués et reliés par une tablette d'entrejambes, en marqueterie de bois à fleurs, sur fond de bois rose et de bois satiné ; elle a deux tiroirs latéraux. Le dessus est entouré d'une bande de cuivre gravé et doré, faisant galerie. Époque Louis XV.

Haut., 72 cent.; long., 42 cent.; larg., 28 cent.

176 — Petite table de forme contournée, en marqueterie de bois de couleurs, à décor de branches de fleurs entremêlées d'incrustations de nacre. Sabots en bronze.

Époque Louis XV.

Long., 65 cent.; larg., 43 cent.; haut., 69 cent.

177 — Coffre de mariage, de forme rectangulaire, en maroquin doré au petit fer, offrant sur le couvercle les armoiries accolées de France et de Pologne, cantonnées du chiffre de Marie Leczinska. Le pourtour du coffre est parsemé du même chiffre, ainsi que des pièces des blasons. Il repose sur une table-support en bois gravé et doré, munie de deux poignées de bronze doré.

Hauteur, y compris la table, 1 mètre; long., 63 cent.

178 — Petit bureau à pieds contournés, du temps de Louis XV, en bois rose et bois satiné; dessus bordé d'une moulure de cuivre; pieds à chutes et sabots en bronze doré.

Long., 95 cent.; larg., 57 cent.

179 — Thermomètre en marqueterie de bois rose à filets, dans un cadre de cuivre doré, garni de

petits cartouches et de feuillages rapportés. Cadran en émail. Époque Louis XV.

Haut., 94 cent.; larg., 18 cent.

180 — Baromètre semblable et de même époque.

Haut., 94 cent.; larg., 18 cent.

MEUBLES EN BOIS SCULPTÉ

181 — Console en chêne sculpté, peinte en blanc, de l'époque Louis XIV. Le bandeau à contours est orné de quartefeuilles inscrits dans un treillis et s'appuie, sur la face, sur deux sphinx ailés couchés sur des traverses à volutes, godrons et feuillages, reliées par un cul-de-lampe à rosace. La partie postérieure de la console est supportée par deux pieds contournés recourbés en volutes à leur sommet et finissant en pieds de biche à leur base. Tablette en marbre portor bordée de moulures.

Haut., 87 cent.; long., 1 m. 45 cent.; prof., 53 cent.

182 — Table à pieds contournés de l'époque Louis XV, en bois de chêne sculpté de feuil-

lages, culots, fleurons et rinceaux en relief ; elle a été transformée en table à jeu au moyen d'un dessus pivotant et à volet.

Long., 69 cent.; larg., 46 cent.; haut., 75 cent.

183 — Console formée de deux supports en bois sculpté, contournés en S, décorés de feuillages et se terminant en griffes de lions, et d'une tablette bordée de moulures en marbre rouge du Languedoc.

Long., 1 m. 90 cent.; prof., 45 cent.; haut., 84 cent.

184 — Deux gaines en bois peint en blanc, à angles cintrés et rentrants, décorées sur la face d'un panneau sculpté de la Régence ; elles forment armoires à l'aide d'une porte latérale.

Haut., 1 m. 22 cent.

SIÈGES

185 — Beau meuble de salon du temps de Louis XV, en bois sculpté et doré, de forme contournée, à baguettes saillantes et fleurettes sculptées en relief, recouvert en ancienne tapisserie de Beau-

vais, offrant, aux sièges et aux dossiers, des oiseaux de toute sorte, aux plumages multicolores ressortant sur un fond blanc. De jolies guirlandes de fleurs forment les encadrements de la tapisserie dont le bord est à fond rouge ; des motifs de fleurs décorent les accotoirs. Ce meuble se compose d'un canapé et de six fauteuils.

Haut., 1 mètre ; longueur du canapé, 2 m. 10 cent.

186 — Deux beaux fauteuils à dossiers ovales du temps de Louis XVI, en bois sculpté et doré, à motifs de fleurs, acanthes et tortils de rubans, recouverts en ancienne tapisserie de Beauvais, fond blanc, offrant aux dossiers des figures d'enfants, d'après Boucher, et aux sièges des animaux et des oiseaux, dans des encadrements de festons de fleurs.

Haut., 1 mètre.

187 — Grand fauteuil contourné de l'époque Louis XV, en noyer sculpté et ciré, à fleurs, feuilles et rinceaux en relief; il est recouvert en tapisserie du temps, offrant, sur le dossier, une figure de chasseur et, sur le siège, un

groupe d'animaux, dans des encadrements de fleurs et de rinceaux.

Haut., 1 m. 1 cent.

188 — Petit canapé du temps de la Régence, à dossier rectangulaire, accotoirs, siège et pieds contournés et richement ornés de feuilles, de rocailles et de feuillages sculptés et dorés. Dossier, côtés et coussin garnis d'ancienne dauphine à fleurs brochées en couleurs sur champ vieux rose.

Haut., 85 cent.; long., 1 m. 20 cent.

189 — Charmant petit canapé de l'époque Louis XVI, en bois sculpté et doré, à dossier horizontal, accotoirs courbes et pieds droits cannelés. Des rangs de feuilles d'eau forment l'ornementation principale ; de belles feuilles d'acanthe recouvrent les volutes des accotoirs et la partie inférieure de leurs supports. Des fleurons couronnent les montants du dossier. Il est recouvert de soie brochée à bouquets et rubans ondulés sur fond à raies de plusieurs couleurs.

Haut., 1 m. 2 cent.; long., 1 m. 48 cent.

190 — Petit fauteuil cabriolet de l'époque Louis XV, en bois sculpté et doré, de forme contournée

sur pieds droits cannelés. Le dossier lobé est décoré de piécettes ; les supports des accotoirs sont côtelés ; des postes courent sur la ceinture du siège, interrompues aux angles par des acanthes. Le dossier et le siège sont recouverts en soie du temps, à kiosques chinois et bouquets brochés vert et rose sur fond crème.

Haut., 85 cent.

191 — Beau fauteuil en bois finement sculpté et doré, de l'époque Louis XV, signé *B. Boulard*. Le dossier lobé, portant sur deux touffes d'acanthes, est décoré de feuilles d'eau et de guirlandes de laurier ; les accotoirs, terminés en volutes, portent sur des montants carrés, à feuilles d'eau, cordons de sequins et grandes acanthes. Le pourtour du siège est orné comme le dossier, et les pieds droits sont creusés de cannelures rudentées. Ce fauteuil est recouvert d'ancienne soie crème brochée à festons de fleurs et cordelières à glands en soies de couleurs.

Haut., 93 cent.

192 — Beau fauteuil en bois sculpté et doré, de l'époque Louis XVI. Dossier ovale à moulures, tortils de rubans et perles, surmonté d'un nœud

et de guirlandes de lierre et portant sur deux touffes d'acanthes. Accotoirs terminés en volutes et s'appuyant sur des montants contournés et figurés par de longues feuilles d'acanthe. La ceinture du siège se compose de feuilles d'eau et de rubans enroulés. Les pieds droits sont cannelés. Ce siège est recouvert d'ancienne soie crème, rayée de bleu et parsemée de bouquets brochés en couleurs.

Haut., 90 cent.

193 — Petit fauteuil baignoire de l'époque Louis XVI, à pourtour arrondi, peint en vert et doré; la ceinture est creusée de canaux, ainsi que les supports des accotoirs qui sont enguirlandés de laurier; les pieds, à section quadrangulaire, sont décorés de culots de feuilles. Il est recouvert d'ancienne soie blanche, brochée de fleurettes et de festons en couleurs.

Haut., 69 cent.

194 — Fauteuil bas, *placet*, en bois sculpté et doré, orné de boucles ponctuées d'une perle, sur pieds cannelés. Il est recouvert d'ancienne soie gris perle, brochée de festons de fleurs verts et roses.

Haut., 41 cent.

195 — Grande bergère Louis XV, contournée et à joues, en bois sculpté et doré, recouverte en soie blanche ancienne, damassée et parsemée de bouquets brochés en couleurs.

Haut., 1 mètre.

196 — Bergère analogue à la précédente, mais plus petite ; elle est garnie d'ancienne soie blanche, damassée et parsemée de fleurettes brochées en couleurs.

Haut., 90 cent.

197 — Bergère de l'époque Louis XVI, à dossier arrondi, en bois sculpté et doré, à feuilles d'eau et rubans tortillés en spirale ; accotoirs à volutes sur des supports revêtus d'acanthes ; pieds ronds à cannelures rudentées. Ce siège est recouvert d'ancienne soie crème parsemée de fleurettes.

Haut., 98 cent.

198 — Bergère de l'époque Louis XVI, en bois sculpté et doré, sur quatre pieds carrés à cannelures garnies de tigettes. Elle est ornée de feuilles d'eau et d'acanthes, et les montants du

dossier sont surmontés de panaches; garniture de soie crème brochée de festons en zigzag.

Haut., 94 cent.

1600 — 199 — Canapé de l'époque Louis XVI, à huit pieds terminés en volutes, en bois de noyer sculpté, à motifs de coquilles, de feuilles d'acanthe et de fleurons; recouvert en ancien velours rouge de Gênes à large dessin. Plus, deux coussins de velours analogue.

Long., 1 m. 95 cent.; haut., 1 m. 5 cent.

1610 — 200 — Petit canapé de l'époque Louis XIV, sur six pieds à volutes, en bois de chêne sculpté, à décor de palmes, de rinceaux et de festons; il est recouvert d'ancien velours rouge de Gênes à large dessin. Plus, deux coussins de velours assorti.

Long., 1 m. 35 cent.; haut., 98 cent.

201 — Grand fauteuil du temps de Louis XIV, à pieds, croisillons et accotoirs contournés, en noyer sculpté, à feuillages, fleurons et entrelacs; il est garni de velours rouge d'Utrecht.

Haut., 1 m. 3 cent.

202 — Trois fauteuils du temps de Louis XIV, en chêne sculpté, de même modèle que le canapé qui précède et recouverts d'ancien velours rouge de Gênes de dessins variés.

Haut., 98 cent.

203 — Fauteuil Louis XIV, en noyer sculpté, à dossier haut, accotoirs contournés et en volutes, pieds terminés en pieds de biche et reliés par un croisillon ; il est garni d'ancien velours rouge de Gênes.

Haut., 1 m. 17 cent.

204 — Fauteuil de l'époque Louis XIV, à accotoirs cintrés et pieds arqués, en noyer sculpté, à rinceaux, palmes, coquilles et listels en relief ; il est recouvert d'ancien velours rouge de Gênes.

Haut., 1 m. 11 cent.

205 — Fauteuil Louis XIV en noyer sculpté, à entrelacs, cartels, fleurons en relief ; traverse supérieure du dossier cintrée, pieds de biche, accotoirs contournés. Le siège, le dos et les joues sont cannés. Coussin en velours de Gênes.

Haut., 1 mètre.

206 — Beau fauteuil de bureau en noyer sculpté, de la Régence, à festons, rocailles et rinceaux en relief ; il est contourné. Le dossier arrondi et le siège sont cannés.

Haut., 90 cent.

207 — Petite chaise chauffeuse de la Régence, en noyer sculpté, à coquilles, feuilles et rinceaux saillants ; le bord supérieur du dossier, contourné en arc, est décoré d'oves et d'acanthes, les pieds à peine cambrés se terminant en volutes. Elle est recouverte d'ancien velours rouge de Gênes.

Haut., 79 cent.

208 — Chaise basse de l'époque Louis XV, à contours mouvementés, en bois sculpté, à motifs de rocailles et de feuilles : le siège et le dossier sont cannés.

Haut., 89 cent.

209 — Deux chaises Louis XVI, en acajou massif finement sculpté et d'un charmant modèle. Le dossier se compose de deux colonnettes cannelées en spirale, surmontées de panaches et reliées par deux traverses à perles et rais de cœur, entre lesquelles se dresse une lyre d'une

riche ornementation ; les pieds sont cannelés. Une ancienne soie à festons de fleurs, sur fond crème, couvre les sièges.

Haut., 87 cent.

210 — Deux petites chaises contournées, de forme gracieuse, en bois sculpté et doré, de l'époque Louis XV, décorées, à la chute des pieds, de cartouches portant une branche de fleurs. Elles sont recouvertes, au siège et au dossier, de soie brochée du temps, à festons de fleurs et raies en couleurs sur fond gris perle.

Haut., 86 cent.

211 — Deux chaises Louis XV, à gracieux contours, en bois sculpté, à motifs formés de rocailles, de feuillages et de fleurettes. Les dossiers et les sièges sont couverts en soie du temps, à bouquets brochés en couleurs sur fond crème damassé.

Haut., 88 cent.

212 — Six chaises légères de style Louis XV, en bois doré, à fleurettes sculptées aux deux traverses du dossier, aux chutes et au milieu de la ceinture ; les sièges sont garnis d'ancienne soie

brochée à fleurs, sur fond blanc et fond bleu pâle.

Haut., 85 cent.

213 — Quatre chaises, de même modèle que les précédentes, mais plus basses ; l'une est couverte en satin gris perle décoré de branchages brodés ; les autres en soierie ancienne brochée à fleurs.

Haut., 79 cent.

214 — Très beau tabouret barlong en bois sculpté et doré, du temps de Louis XIV, décoré de festons et de feuillages, et supporté par quatre pieds carrés à chapiteaux ioniques, avec entretoise contournée et richement ornée. Il est recouvert en velours de plusieurs couleurs, à parterre sur fond blanc. Il provient du château de Versailles.

Long., 60 cent.; larg., 39 cent.; haut., 38 cent.

215 — Tabouret de pieds Louis XIV, à pieds dorés à volutes et acanthes, couvert d'ancien velours de Gênes et garni d'une passementerie à glands.

Long., 52 cent.; larg., 40 cent.

216 — Deux tabourets Louis XIV en noyer sculpté, à motifs de fleurons, de feuilles d'acanthe et de rinceaux; au milieu de chaque face, un cartouche contient des instruments de musique; les dessus sont foncés de canne.

Long., 48 cent.; larg., 35 cent.; haut., 41 cent.

217 — Tabouret de pieds Louis XIV, à pieds dorés à volutes et acanthes, recouvert de velours grenat et garni d'un ancien galon d'argent.

Long., 52 cent.; larg., 40 cent.

218 — Deux tabourets carrés et de forme contournée, de la Régence, en bois sculpté et doré à palmes, coquilles, fleurs et rinceaux; les sièges sont garnis de canne dorée.

Haut., 41 cent.; larg., 41 cent.

219 — Tabouret rond Louis XVI, sur quatre pieds cannelés, en bois violette, enrichi de rosaces, de cordelettes et de tigettes en cuivre rapportées. Il est garni d'ancienne soie crème brochée à fleurs.

Haut., 50 cent.

220 — Deux tabourets rectangulaires et à pieds arqués, en bois sculpté et doré, du temps de Louis XV, à coquilles, rocailles et feuilles, recouverts en soie du temps, à fleurettes brochées sur fond bleu de ciel.

Long., 50 cent.; larg., 40 cent.; haut., 46 cent.

221 — Tabouret rectangulaire à pieds carrés et entretoise en bois sculpté et doré, de l'époque Louis XIV, recouvert d'ancienne soie grise à raies, parsemée de fleurs brochées vert et rouge.

Long., 50 cent.; larg., 40 cent.; haut., 41 cent.

222 — Deux tabourets de pieds de forme rectangulaire, supportés par quatre pieds de boucs à volutes, en bois sculpté et doré, et recouverts de velours grenat garni d'un galon d'argent. Époque Louis XIV.

Long., 42 cent.; larg., 30 cent.; haut., 22 cent.

223 — Deux grandes bergères de forme contournée et à oreilles, décorées de fleurettes

sculptées et recouvertes de velours rouge d'Utrecht.

Haut., 1 m. 2 cent.

224 — Sept chaises de forme contournée, en bois sculpté à fleurs et listels mouvementés. Sièges et dossiers cannés.

Haut., 95 cent.

225 — Dix-huit chaises de salle à manger, de style Régence, à contours arrondis, en bois de chêne sculpté, couvertes en satinette rouge.

Haut., 96 cent.

TAPISSERIES

PARAVENT — ÉCRANS

226-227 — Deux beaux panneaux semblables en tapisserie des Gobelins, de l'époque Louis XIV, représentant les armoiries de Letellier, archevêque de Reims, frère de Louvois, ayant deux lions pour supports. Ces armoiries sont encadrées de rinceaux, de feuillages et de guirlandes de fleurs et reposent sur des consoles de marbre, flanquées de cornes d'abondance, et sur les côtés desquelles sont grimpés un singe et un chat.

Haut., 2 m. 55 cent.; larg., 1 m. 70 cent.

228 — Écran de cheminée à monture Louis XV, en bois sculpté et doré, de forme contournée, et à décor de fleurs, de feuilles et de rinceaux, avec feuille en tapisserie du temps, très fine, représentant une scène pastorale, d'après *Boucher*, au-dessus d'un motif à consoles, volutes, chèvre, brebis, attributs champêtres, etc. Le tour de la tapisserie est rouge.

Haut., 1 m. 15 cent.; larg., 74 cent.

229 — Écran à monture de bois sculpté et doré, du temps de Louis XIV, à décor de coquilles, de feuilles et de rinceaux, avec feuille en ancienne tapisserie de Beauvais, représentant un coq et une poule, dans un cartouche ovale composé d'oves et de feuillages.

Haut., 1 m. 3 cent.; larg., 68 cent.

230 — Écran de cheminée à monture chantournée, en bois sculpté et doré à rinceaux et feuillages en relief, de l'époque Louis XV; la feuille, en tapisserie de Beauvais du temps, représente une jeune fille assise dans la campagne, une cage sur les genoux, et jouant avec un petit garçon.

Haut., 95 cent.; larg., 65 cent.

231 — Paravent à cinq feuilles en tapisserie du XVIIIe siècle, représentant des plantes en fleurs se détachant sur un fond blanc, dans un encadrement de rinceaux et de feuillages, bleu et jaune. Pourtour à fond rouge. Monture en bois doré.

Haut., 1 m. 45 cent.
Largeur de chaque feuille, 70 cent.

VELOURS

232 — Grand tapis en velours rouge de Gênes, du XVIIe siècle, à large dessin de feuillages et de rinceaux, ton sur ton. Il est entouré d'un galon à bord dentelé, de nuance assortie.

Long., 2 m. 25 cent.; larg., 2 mètres.

233 — Deux coupes juxtaposées de 1 m. 80 cent. de long, en beau velours de Gênes à dessin de larges rinceaux feuillagés.

234 — Lot de coupons d'anciens velours.

105 £ 160 —

chevaux 120 —

A

140

186

E

56

171

12

57.

~~74~~

~~105~~

116 11.000

162 2.250

~~163~~

~~168 a 169~~ 1995 / 99 2094

~~171~~

~~172~~

www.ingramcontent.com/pod-product-compliance
Ingram Content Group UK Ltd.
Pitfield, Milton Keynes, MK11 3LW, UK
UKHW020338180726
13839UKWH00002B/778

9 782329 452333